ふらんす堂叢書　俳句シリーズ1

玉箒

稲畑廣太郎句集

tamahahaki
Inahata Kotarou

ふらんす堂

目次

句集　玉箒

たまははき

平成二十年　七月より

平成二十年七月

古簾越しに女将の真顔かな

八方に清水放ちて富士の黙

落し文父の存問かも知れぬ

郭公に近付いてゆくリフトかな

草丈に沈んで行きし日傘かな

万緑に突き刺さりたるジャンプ台

西方に涼しく虚子と遊ばれよ

平成二十年八月
片陰と十円玉を拾ひけり

鵜匠立つ川の機嫌を知り尽し

丸ビルの玻璃より秋の来りけり

稲の花自給自足の出来ぬ国

ベネチアングラス新豆腐の玉座

富士よりの風は都心に秋めける

平成二十年九月

これ以上主張は出来ぬ千草かな

忌心といふ穂芒の戦ぎかな

鉄の城銀の芒原

吾亦紅より吾亦紅までの距離

長々とながながと穴まどひかな

穴惑ふために草丈ありにけり

虚子の世を露けく語り寿

平成二十年十月

乗り換へて乗り継ぎ水の秋に着く

松手入潮風といふ伽のをり

秋風を背ナに闘将去り行けり

柚子の皮落し一椀出来上る

秋晴の途切れることの無き空路

秋時雨虚子に二つの忌日かな

柿食うて子規の天寿でありにけり

平成二十年十一月

紅葉して京はんなりとしてきはる

飛びゆける車窓の景も冬支度

この流れ野山の錦越え来しと

新しき目貼小諸の虚子旧居

鴨の陣一羽離れしより崩れ

冬紅葉仰臥漫録生れし庵

その中の細き一本浅漬に

平成二十年十二月

鉄の橋は冷たく塗装され

きらと日矢ちらちらちらと六花

百五キロカロリー巻繊汁啜る

人参の彩が躍つてをりし鍋

山眠る百万弗の夜景抱き

わて泳げまへんねんてふ冬の鳥

べらんめえクリスマスなんて柄かよ

平成二十一年

平成二十一年一月

日に研がれ星に育ちし軒氷柱

寒紅はピンク勝負服は真紅

三寒に目覚め四温の旅へ又

気紛れな空は三寒海四温

恋の数ほど寒灯の潤みけり

逃げやすき日差捉へて福寿草

人のみにあらず春待つ水辺かな

平成二十一年二月

この猫も獺の祭をして来しか

鉄といふ暖かき橋の色

風柔らかくやはらかく初音聞く

鶯を誘ふ枝の角度かな

路地といふバージンロード猫の妻

子規も来よ二月二十二日の館

虚子生れし時もかくやと梅香る

平成二十一年三月

日の本を諦めて蛇穴を出づ

春風に波に向うて船遅々と

蜷の道二十世紀を引き摺れり

虚子も又平家の裔や里うらら

一本といふ土筆野のプレリュード

鯉動き出すより春の水となる

霾に地球締めつけられてをり

平成二十一年四月

花三分後ろは四分前は五分

こぼれたる花ひとひらの吐息かな

虚子忌へと繋いでゆける八分咲

囀を弾き零るる二三片

人類を敵に回して蝿生る

囀を集め五山の忌日寺

鞦韆の揺れて揺れざる恋心

紐あれば毬あれば子猫の世界

平成二十一年五月

オカリナの音色のやうな更衣

筍に明日の色の無かりけり

ぼうたんの武者震ひして崩れけり

その日よりアメリカは友花水木

大橋に来て歪みたる卯浪かな

君の声文字摺草に来て曲る

蠅叩虚子の握りし凹みかな

平成二十一年六月

西日てふタワーを歪めたる角度

竹皮を脱いで水音あるばかり

三変化ほどの四葩でありにけり

前方後円墳といふ草いきれ

漆黒を裏返しつつ蛍舞ふ

芦屋浜シーサイドタウンの夜釣

軍港に空母沈めて白夜かな

平成二十一年七月

夏館とは風流れ水流れ

夜光虫大和眠れる辺りより

雲海に地球の青さ加はりぬ

虹立ちて虚子と愛子はあの辺り

箱釣やをつちやん一匹負けてんか

丸かじり部活帰りの子のトマト

先頭はお花畠といふ無線

平成二十一年八月

五十年火蛾と付き合ひ荘を閉づ

大川の叫び原爆忌の憂ひ

青鷺の孤高の距離でありにけり

日表は虚子の極楽一葉落つ

銀の雲と存問金糸草

津軽富士てふ爽やかな裾野かな

平成二十一年九月

秋蟬のために高さを競ふ木々

探しもの見付けたやうな大花野

虫の声大都市の闇深めゆく

曼珠沙華白きは闇を塗り替へて

秋の夜や惑星一つ遊ばせて

月めがけ上り過ぎたる凡フライ

子規忌より越後へ繋ぐ旅心

尖りつつ霧纏ひつつ甲斐の嶺々

平成二十一年十月

大川の水の分子に秋の声

白萩を吹き上げる風落とす風

没後五十年の決断西虚子忌

フランシスコザビエルに会へさうな秋

戦艦の生れしドック小鳥来る

柳散る平家の魂を鎮めつつ

朱に生れ紅に朽ちゆく烏瓜

学生もえうちゑん児も冬支度

平成二十一年十一月

風邪ひいて恋の病は治りけり

石舞台落葉一片許さざる

切干の風に乾いてゆく音色

佳人踏みゆける落葉の音嬉々と

しようとは神のコーヒータイムかな

切干の決め手裏六甲の風

平成二十一年十二月

肝食うて河豚に中りし女かな

八分の六ほどの幸冬木立

丸ビルに灯らぬ窓や暮早し

梟に森の妖精目覚めけり

柚子風呂に九九を覚えし頃のこと

主の生れ給ひし朝の初氷

因縁を語る司祭やクリスマス

平成二十二年

平成二十二年一月

初鴉孤高飼犬孤独かな

冷たさを放ちてベテルギウスかな

臘梅の香の滑り落つ斜面かな

悴んで余生を語る齢かな

お降にははんなり濡るる京言葉

主亡き犬小屋指呼に猫の恋

あの角にバレンタインの日の予感

平成二十二年二月

彼の日より碧梧桐忌に親しみて

暖かく君を導く星として

人生れ人逝き地球下萌ゆる

遺されし人の決断残る雪

大雪崩とは人間の心にも

下萌の一歩を踏みて通夜の灯へ

木の実植う一つは君の未来へと

下萌や神の計画とは不思議

平成二十二年三月

神のみぞ知ることの多過ぎる春

人生の不思議雛の見てをりぬ

二次会といふ俳論の暖かし

大江戸といふ大らかな大霞

落第や世間を少し遠くして

人間を遠ざけ夜の雛の宴

苜蓿青い瞳に恋せし日

平成二十二年四月

船うらら戦艦大和生みし国

這ふものに翔ぶものに花ほほゑめり

一片が蝶となりゆくまでの黙

呟いて浅蜊は夜を司る

虚子の秘話流すが如く芹の水

蛤の粋に煮上る老舗かな

春惜み人を悼みて籠る日々

平成二十二年五月

余花に会ふてふ父祖の地の縁かな

新樹より升さんの現れさうな城

卯浪寄すイージス艦の黙

バースデープレゼントカラーイエロー

招かざる客の羽音も夏座敷

初鰹味は如何と言はれても

これよりの句碑の未来へ風薫る

平成二十二年六月

をばちゃんの日傘階段塞ぎけり

葉隠れといふ夏蝶の吐息かな

喪の旅の三日目となる黴の宿

芦屋市に生れて烏の子の運命

未央柳若き主宰の輝きに

ダービーの空に夢散る馬券かな

夏帽を振りて帰らぬ旅となる

平成二十二年七月

箱庭を天地として動くもの

甘さとは届かぬ高ささくらんぼ

俳聖を偲ぶ本堂灯涼し

もう惑はされない君の香水に

疲鵜に水の怒つてをりにけり

榛名富士涼しく夕日をさめけり

ナイターの灯に縦縞の燃えてをり

平成二十二年八月

仇討を涼しく語る鼓かな

やつと汗引いて表に出れば汗

何かゐる線香花火果てし闇

稲城野に梨の気品を買ひにけり

あの霧にこの風にみちのくを知る

新たなる終戦の日の出会ひかな

木遣てふ灯下親しきアルトかな

平成二十二年九月

鉦叩都心に時の止まる頃

衣被つるりと故郷裏返す

夜業終へシンデレラエクスプレスへと

関東の冷え関西の残暑かな

大花野木道尽きてより本気

獺祭忌この後五十年如何に

追伸を書き終へてより虫時雨

平成二十二年十月

曼珠沙華天与の風に色付きし

露の門潜りて親し幻住庵

大道を継ぐ君の居て西虚子忌

星飛んで地球を少し平らにす

小鳥来る昔犬小屋ありし花圃

うそ寒を連れて山門潜る僧

三寒に祈り四温に踏み出せり

平成二十二年十一月

草虱取れぬ歯痒き五十肩

館に生れ息づくものに冬近し

芭蕉忌や翁と呼ばれたくはなし

大綿に二次元三次元の空

冬日向雀ちよんちよん猫だらり

笹鳴を誘ひ出したるホルンかな

芭蕉忌や電波飛び交ふ俳句会

平成二十二年十二月

竹箒四十五度に落葉掻

古書店の隅に果てたる青写真

電波塔少し伸びたる神迎

冬うらら禁酒解く日を夢に見て

騙されてみたい狐と君の嘘

虚子の句をもて古暦をさめけり

雪吊の縄百本にある霊気

平成二十三年

平成二十三年一月

芦屋川沖を横切り漁始

初便てふ電波飛ぶ電波とぶ

湯ざめしてでも見たき星空であり

待春の波亜米利加を近付けて
祝ぎの炉を守る佳人でありにけり
買初に君の性格見てしまふ

水鳥の数てふ沼の機嫌かな

平成二十三年二月

クロッカス咲かせ無口な主かな

過去を持つ女のバレンタインデー

犬ふぐり人に好かれてゐたき色

下萌に犬は足より鼻が先

狼藉は春一番か野良猫か

咲き満ちて梅の輪郭とは微妙

春一番六甲颪押し返す

平成二十三年三月

スカイツリー長閑に世界一となる

鮊子の大漁らしき吃水線

若鮎に広き夙川芦屋川

春障子創世記めく光かな

指揮棒の先より生るる音ぬくし

水平ら水底平ら蜷の道

水流れ地球は回り物芽出づ

平成二十三年四月

地震の地の友を案じて花の句座

日本の明日を信じて虚子祀る

日に解けゆく朝桜あさざくら

ぷくぷくといそぎんちやくの呟ける

風信子午後二時半の影を持ち

キャンディーズ一人逝きたる春の闇

風光る海光るとき地の揺るる

平成二十三年五月

青葉木菟孤高の背でありにけり

鳴き声で判る夏鳥との出会ひ

一行詩新茶を淹れてより消ゆる

城薄暑ここら辺りも丸の内

力士乗る自転車歪む薄暑かな

穀象の昔の色をして現るる

とびを飛ぶ地球に果てがあるやうに

平成二十三年六月

この雨を脱ぎ捨てて万緑となる

はんざきのジュラ紀を語る背中かな

日帰りの旅田植前田植後

日本の原風景の里涼し

はんなりとこいさん薫風と来はる

跳ぶやうに茅の輪を潜る女の子

シュトラウス洩れ来る庭の竹落葉

平成二十三年七月

箱庭の人口密度高過ぎる

函館の百万ドルの灯涼し

三瓶蕎麦てふ涼しさを啜りけり

片陰の出来丸の内らしくなる

五十人撞く三井寺の鐘涼し

音楽の街水無月の楽奏で

この道は硯洗うてより進む

平成二十三年八月

夕立晴歌劇の街を祝ぎ色に

天の川光年といふ贈物

御巣鷹に続く露けき空路かな

終戦の日を知る物置のラジオ

生身魂大和に乗つてゐたといふ

ミサワイン主の血と化して終戦日

秋灯の点けば夢二に囲まれて

平成二十三年九月

夜業せり総理と同じ日に生れ

蜩や畳敷きなる小聖堂

人類の足跡残し月出づる

金色の星銀色の虫の声

八十路とて敬老の日を嫌ふ母

オルガンの音色露けきレクイエム

寄宿より戻りて夜学子となれり

平成二十三年十月

秋の山越え秋の山抜け芦屋

爽やかに逆流したる隅田川

東京にタワー二つや天高し

忌心は朝寒の駅発ちてより

鉦叩都心は今日も不夜城に

豊臣は時代祭の中に生き

継ぐといふ決意新たに年尾の忌

平成二十三年十一月

ストラヴィンスキー秋灯下に燃ゆる

昨日より近寄つてゐる人と鴨

鴨増えて湖の輪郭失へり

紫を点じ枯野となりゆけり

都心にも出雲大社や神迎

切干の戻し加減は風が知る

吟詠に和して一羽の鴨鳴けり

平成二十三年十二月

白鳥の第三幕といふ飛翔

くしやくしやになりて山茶花なほ気品

冬木立未だ色付いてゐる天与

漱石忌真筆の声館に聞く

思羽に君への思ひ託しけり
松葉蟹因幡の風に耀られゆく
ゆたんぽをしてより見る夢が違ふ

平成二十四年

平成二十四年一月

あなたには千両で充分過ぎる

歌留多取一句授かるまで続く

恋心もろとも映し青写真

寒灯を出で星空といふ灯

富士見ゆる最南端の初日かな

赤く白く青く消えゆく雪女

天上の父に会ひませ春隣

平成二十四年二月

凍滝とならずひたすら風に耐へ

カウンター君との距離にある余寒

寒明や今夜も酒が待つてゐる

猫の恋五十路の恋を見下して

梅園に取り残されてゐる至福

猫柳水辺は風が寄りたがる

琴線に触れし一句や鳴雪忌

平成二十四年三月

蝦夷の意気詰めてアスパラガス出荷

三月十一日といふ忌心に
落第をせし日夢見る今日この頃
馬券飛ぶとぶ春雨を纏ひつつ

大朝寝して故郷と気付くまで

まだ覚めぬ隣の山を笑ふ山

目刺食ぶ明日の日本背負ふ人

平成二十四年四月

亀鳴くや句碑除幕する雨男

椿落つ日に魂を還す時

熊野より吉野へ花を綴る旅

アニミズムには朧夜がよく似合ふ

昭和の日嗚呼広島よ長崎よ

七色の風船七彩の瞳

惜春の歩幅学生街の午後

平成二十四年五月

忌心を持ち寄りもしてイースター

夏潮の色を違へて阿波淡路

徳島の街の真ん中てふ登山

百人の母母の日の句座にあり

釣人に声かけながら缶ビール

豆飯を三合炊いて子は二人

三門の風は饒舌花は葉に

平成二十四年六月

明易や今夜は帰つたらあかん

小判草値下りしたる丈であり

涼しさや蕪村の裔といふ佳人

オリーブの花二十四の瞳中

蝙蝠に不夜城時を刻まざる

列作る蟻に都会といふ修羅場

明易や病窓に見る神戸の灯

平成二十四年七月

僕何もしてゐませんと逃げゆく蚊

虎涼し自力優勝消滅す

被爆川梅雨の水嵩ありにけり

不夜城を闇に還してはたたがみ

夕べには終の一花となりし沙羅

蟬鳴いてないいて余生を減らしゆく

虚子踏みし甲板に立つ涼しさよ

平成二十四年八月

じつとしてゐても汗汗汗汗汗

手花火に二分後の闇待つてゐる

生身魂あの日を語る重き口

聖護院大根を蒔く京言葉

初恋の人に会ひたる踊の輪

ランニングシャツ白々と西瓜提げ

手花火の闇を千切つてをりにけり

平成二十四年九月

萩に来てより素通りの出来ぬ風

秋の蚊を払ふ越後美人の所作

蕎麦の花木曾の山気を吸ひ込めり

爽やかにピアノのルーツ聞くも旅

芋を食ひ短詩型文学を詠む

八階の虫売へ子等走るはしる

伽石は虚子の分身句碑の秋

平成二十四年十月

五十六の遺品に灯下親しめり

運動会徒競走だけ速かつた

鐘一打西の虚子忌の空に消ゆ

空を見て体育の日と気付きたる
蔦の下選手うなだれファン罵声
耳は虫聴いてゐる目は君を見て

十月十四日の不思議聞くも旅

平成二十四年十一月

そぞろ寒太公望の孤独かな

木の葉髪一本にある歴史かな

摂津発ち三河時雨に降り立ちぬ

鷹の目となりて刀匠鋼打つ

駅で買ひ宿に失せたる時雨傘

風を読むことに始まる神の旅

冬めくや水の分子にある主張

平成二十四年十二月

マスクして六甲颪遠く聞く

白々と水を褥に都鳥

湯豆腐の湯の中で舞ふロンドかな

ブルゴーニュワイン二本の年忘

余呉の湖歴史もろとも鳰潜る

息白く鏡に語る君の嘘

都鳥言問ふやうにたゆたへり

平成二十五年

平成二十五年一月

君の指するりと抜けて歌留多舞ふ

悴んで戦いて助手席に居り

初御空ここも日本といふ島に

スケートの少女未来に弧を描き
数の子に長者の昔偲びもし
雪女ワインに溶けてゆきにけり

百年の梅一輪の孤高かな

平成二十五年二月

俳号の決まり春待つ心はも

スクリューに揉みくちやにされ温む水

早春の風音に水音に覚め

冴返るローマ教皇退位とや

この岩に獺の祭の昔あり

京女水菜しやつきり洗ひけり

湿原に命の序章雪濁

平成二十五年三月

飯蛸のやんちやが売れてゆきにけり

俯きて次郎左衛門雛の鬱

物芽出づ大地震へしあの日はも

山笑ふローマ法王決まりし日

日に揺れて風に揺れざる花ミモザ

春障子猫はだんだん人と化す

亀鳴くや駅名変はり塔が建ち

平成二十五年四月

足生える今日手の生える明日の蝌蚪

バチカンに新たな一歩鐘朧

亀鳴くや大東京の一詩人

曲芸のやうな乗換へ山笑ふ

鎌倉の風に触れたるより虚子忌

朝寝して間に合ふほどの会場へ

役終へて聳ゆる電波塔うらら

平成二十五年五月

行春の流れ凹ませ船の往く

みよし野に魂呼ぶ茅花流しかな

江戸の粋大坂の粋初鰹

麦秋やうどんの県といふ誇り

丸ビルといふ日覆の下を行く

聖マリア大聖堂に若葉風

新茶淹れホトトギス社で待つてます

平成二十五年六月

風薫る夫を宝と言へる人

けんくわして金魚は強くなつてゆく

運転の感覚戻る万緑裡

山国の万緑都市の万緑裡

猫のひげ明日のついりを知つてをり

梅雨の月満ちゆく序曲奏でつつ

青蛙雨恋ふ時は涙目に

平成二十五年七月

手に取りて木曾の檜の椀涼し

梅雨雲のスカイツリーを捩り上げ

夕立の一粒よりの修羅場かな

ソーダ水昔の恋は怖かつた

夏蝶の風の節目に折れ曲る

噴火する噂ちらほら富士詣

鹿せんべい涼しく狙ふ瞳かな

平成二十五年八月

颪に聞く佃祭のプロローグ

四十六サンチ砲不知火に吼ゆ

終戦の日の我が影の濃かりけり

鞭打たれたる馬の目の秋思かな

天の川無限子の夢無限かな

ダム湖とは露の一粒より生るる

電波塔二つ見えたる街残暑

平成二十五年九月

北国の炎天といふ神慮かな

夜食とる仕事の山を睨みつつ

腕時計新しくして震災忌

夕食は洋風夜食中華風

石狩の風が奏でる芒かな

鉦叩三つ叩いて果てにけり

子規虚子といふ冷やかな師弟かな

平成二十五年十月

長月のプロローグとは濡れ色に

水音に末枯れてゆく一部分

西虚子忌句碑の復活待たれたる

初鴨に空母のやうな余呉湖かな

添水の音聞く忌心と祝ぎ心

主宰てふ二文字重し天高し

これよりは更に高きに登らんと

平成二十五年十一月

身に入みて未来を拓く覚悟かな

紅葉且散る地の鼓動受け止めて

その中に命這はせて菊香る

初時雨余呉の日差を遠くして

祝賀終へ冬めく都市となりゆけり

太陽に笑はれながら大根引く

言の葉を紡ぎ山茶花散り初むる

平成二十五年十二月

山茶花の天使のやうに堕ちゆけり

この美しき二の腕に鎌鼬
短日の帰路千キロといふ鉄路
二億円動かすおでん屋の隅で

大和めく鴨長門めくゆりかもめ

漱石忌虚子への手紙てふ展示

火の山の襞整へて冬日影

平成二十六年　七月まで

平成二十六年一月

八十路より五十路へ渡すお年玉

初暦捲れば心竹の叫び

俳徒てふ自覚忘れず初句会

懐手にて蕉像は夜動く

蓬萊を掛けて神代を近付けて

恋人を紹介したる小正月

小正月とは裏口の賑はへり

平成二十六年二月

寒の星主の公現に輝ける

句碑の縁碧梧桐忌を身近にす

俳諧の巴はあなた義仲忌

冴返る別人といふ作曲家

恋多き人恋猫を膝に乗せ

麦を踏む蝦夷の大地を響かせて

ボルドーと松阪牛と京菊菜

平成二十六年三月

三月や帰路三時間歩きし日

啓蟄の庭に何かが起りさう

白銀の連山模糊と朝霞

魁けて食ぶ長命寺桜餅

将来は大臣賞か菊の苗

土筆野へ船出をしたる一俳徒

鳥帰る千年前と同じ道

平成二十六年四月

東京は落花芦屋は満開に

風光る都心のビルの底の底

一片も散らぬ桜の疎ましく

チューリップ日を恋ふ五十センチかな

米粒に転がつて来し雀の子

イースター鳥と会話をする司祭

亀鳴くや主宰就任六ケ月

平成二十六年五月

惜春の味とは元祖カレーパン

八金に惚れし昔や初鰹

西ノ下にルーツ辿りて夏に入る

着陸す蝦夷の若葉を傾けて

わが句歴三社祭に始まれり

薫風に召されし伯母でありにけり

卯の花の色に喪心引き寄せて

平成二十六年六月

港町涼しく未来重ねゆく

喪の旅も賀の旅も西明易し

虚子を知る泊雲を知る人涼し

現世の端に蛍火ありにけり

仏法僧鬼も聞くてふ大江山

雨蛙人の生活を借りもして

梅雨傘を閉ぢて祝ぎへの一歩かな

平成二十六年七月

黒く来て青く去りゆく揚羽蝶

水嵩といふ五月雨の置土産

その中に富嶽沈めて雲の峰

松蟬や森の行間綴りゆく

アンタレスより放たれし雷かとも

紙魚纏ふウルガタ訳の聖書かな

水の星焼き尽すかに大花火

あとがき

第三句集『八分の六』から六年余りの歳月が流れたが、このほど第四句集として『玉箒』を出させて頂く運びとなった。

今回の句集はご縁があり、ふらんす堂様に御世話になることとなった。以前から御声掛けは頂いていたが、忙しさ等を口実に延び延びになっていたところが、考えてみれば平成二十五年十月二十七日に俳誌「ホトトギス」主宰に就任してから初めての句集ということになり、その点ではひとつの節目ではないかと思い、このご縁を大切に、是非お願いすることとなった。

集中の作品は、今迄の句集がそうであったように「ホトトギス」の中の「廣太郎句帳」から選んだ。ホトトギスをお読みになった方は御存知だが、このコーナーは、虚子の「句日記」と同じように、句会等で詠んだ句をほぼ網羅して掲載しており、その六年余りの歳月で詠んだ句は結構膨大な数ではあるが、その中からの自選が上手くいっていたらお慰みである。

最後にはなったが、この句集編集に携わって下さったふらんす堂の山岡有以子様はじめスタッフの皆様には心より感謝申し上げる。

平成二十七年十一月吉日

ホトトギス社にて　稲畑廣太郎

著者略歴

稲畑廣太郎（いなはた・こうたろう）

昭和32年5月20日兵庫県芦屋市生まれ
幼少の頃より俳句に親しむ
昭和57年3月　甲南大学経済学部卒業
昭和57年4月　合資会社ホトトギス社入社
本格的に俳句を志す
昭和63年1月　ホトトギス同人
及び俳誌「ホトトギス」編集長
平成12年　財団法人虚子記念文学館理事
平成13年　社団法人日本伝統俳句協会常務理事
平成25年　ホトトギス主宰

句集に『廣太郎句集』（花神社）『半分』（朝日新聞社）『八分の六』（角川学芸出版）、他に『曽祖父虚子の一句』（ふらんす堂）など。

ふらんす堂叢書俳句シリーズ①

句集　玉箒

発行日　2016年1月1日　初版発行
2016年5月1日　二刷

著　者　稲畑廣太郎©

発行人　山岡喜美子
装丁者　和　兎
印　刷　㈱トーヨー社
製　本　㈱松岳社

発行所　ふらんす堂
〒182－0002 東京都調布市仙川町1－15－38－2F
Tel 03(3326)9061
Fax 03(3326)6919
www.furansudo.com

定価＝2000円＋税

ISBN978-4-7814-0817-0 C0092 ¥2000E
Printed in Japan